# ORATIO HABITA

IN

## INSTAURATIONE SCHOLARUM

# COLLEGII

# DORMANO-BELLOVACI

A JOANNE-BAPTISTA-LUDOVICO CREVIER,
EMERITO RHETORICÆ PROFESSORE,

*A.D.V. Nonas Octobres anni* M D C C X L V I.

## PARISIIS,

Apud DESAINT & SAILLANT, viâ Sancti Joannis
Bellovacensis.

M D C C X L V I.

# ORATIO HABITA

## IN

## INSTAURATIONE SCHOLARUM

## COLLEGII

## DORMANO·BELLOVACI·

On vereor ne apud vos offendam, veteris quam semper coluit hæc Academia Princeps fimplicitatis olim alumnos, nunc tutores & vindices, V. G. A. O. fi fimplicitatem meritis laudibus exornaverim, & eam, ut in moribus, fic in ftudiis ftatuerim fummâ curâ effe retinendam. Eam afpernentur ii fanè, quos luxuries & verfutia, maximæ animorum ingeniorumque peftes, infecere. Nos ingenuo melioris difciplinæ lacte nutriti, qui didicimus omne pulcrum inniti vero, verum noftris folum amoribus dignum effe, fimplicitatem amplexemur, quæ veri & pulcri comes, & altrix, & mater eft.

Ac ne quis hoc loco error in nominis ambiguitate verfetur, fimplicitatem dico fectandam effe, non rufticitatem; frugalitatem, non fordes; candorem ingenuum, non hebetem ſtoliditatem. Illam ſimplicitatem dico, quæ inter illuviem & faſtum poſita, nec minùs ab rudi incultorum ingeniorum horrore, quam à mendaci morum aulicorum fuco abhorrens, ſuo nativoque ſplendore fulget; cui propria ineſt vis boni; quæ admirationem & amorem non aucupatur, ſed meretur; cui proinde non modò cum excelſa ſublimitate bene convenit, ſed quâ ſine illa in dicendo admirabilitas attingi non poteſt. Illam dico ſimplicitatem, quæ novitatis minimè captatrix, invento ſemel acquieſcit bono; quæ non committit ut, dum quærit id quod bono melius eſt, peſſimum ſæpe reperiat; quæ non ita callidè exercet artem, ut naturam corrumpat; neque ita mollit ad diſciplinas iter, ut fundamentum quo illæ nituntur ſubruat & evertat.

Tali ſimplicitate quum opera Artium noſtrarum, tum ipſam adiſpiſcendarum Artium rationem regi & gubernari debere confirmo. Quæ duo dum perbreviter exſequor, benignas mihi, quæſo, aures commodate.

Si ad laudandam ſtyli ſimplicitatem argumenta ex ipſis ducta rei viſceribus cumulare velim, & longior & ſubtilior fortaſſe, quàm ratio loci temporiſque poſtulat, hæc fieret oratio. Rebus quàm dictis, & exemplis quàm argumentis id aſſequi malo quod mihi propoſitum eſt; ſtatimque vobis in illuſtri collocatam faſtigio ſimplicitatem intuendam exhibeo.

In oculis etiamnum hæret admirabilis illa Ludovici Magni ætas, quæ excellentium in omnibus diſciplinis Artibuſque virorum ad prodigium ferax, Auguſteo ævo toties comparata & meritò exæquata eſt. Quodnam illi decus ad ſummam laudem defuit? Felix exuberante omnium ſimul bonorum proventu, & iis floruit Artibus quæ ingenio folo exercentur, & iis quæ auxiliatricem manum fubfidiumque corporis ingenio adjungunt. Hinc Eloquentia & Poefis, illinc foror Poefeos Pictura, & omnes quæ propinquâ cognatione cum Pictura connectuntur Artes; tum gloriofa illa & præpotens Philofophia, Mathematicis cincta difciplinis; fimulque inenarrabili fuavitate influens in aures animofque Mufica, & omnes denique liberales difciplinæ ad fummum perfectæ abfolutionis apicem provectæ, hanc feculo Ludoviceo gloriam afferuere, ut & antiquitatis æmulum habeatur, & pofteritatis exemplum.

Tantam illam tantoque corufcantem fplendore patrum noftrorum gloriam in oculis modò dicebam pofitam effe noftris : è manibus eheu ! illa jam elabitur. Quocunque lumina circumferamus, quamcunque humanitatis & politioris doctrinæ partem interrogemus, umbram & imaginem tenemus boni, rem ipfam amittimus. Circumfonant aures noftras querelæ invocantium magnos illos viros, qui fuimet tantummodo defiderium nobis reliquere, & incufantium humanæ conditionis vices, per quas ex fummo retro volvi non fortuna duntaxat fed doctrina folet : adeo ut adfcenfus ad fumma celerem & præcipitem in infima cafum prænunciare, & ei fignum, ut ita dicam, dare videatur.

Undenam hoc tam amarum nobis, tam turpe, fi verum dicere volumus, difcrimen oritur ? Num filii degeneres minùs ingenio, quàm patres noftri, valemus ? Num benigna illis mater Natura nobis fe novercam præftitit ? Abfit ut tam trifti tamque injufto opprobrio noftram ætatem maculare fuftineam ! Imo hoc affirmare aufim, nullo unquam feculo uberiorem ingeniorum annonam exftitiffe. Diditæ in immenfum difciplinæ & Artes, & per omnia

A ij

ordinis, conditionis, ac fexûs difcrimina pervagatæ, ita
excoluere vitam, ut nihil politius, nihil acutius aut cal-
lidius cogitari fingive queat. Sed nimirum perducto ad
fummam tenuitatem & fubtilitatem acumine, evanuit
amabilis illa fimplicitas, cujus à fonte vera germanaque
pulcritudo profluebat: & quo facti fumus ingeniofiores,
eo magis à fimplicis naturæ judicio defcivimus.

Si quis ergo quærat quî factum fit ut ei quæ nos præ-
ceffit ætati fafces fummittere cogamur, ne refpondere du-
bitemus, non inopiâ nos ingenii, fed copiâ laborare; illam
ætatem fimplicitate valuiffe, nos nimio peccare acumine:
atque adeo, fi patrum gloriam fartam tectamque fervare
& illibatam pofteris tradere cupimus, fimplicitatem, quæ
illis placuit, nobis revocandam effe & toto pectorum af-
fectu æmulandam.

Hæc me non inania & falfa jactare norunt ii omnes
qui optimis prioris ætatis exemplaribus innutriti, & ad
pulcri bonique guftum informati, nihil in iis æquè mi-
rantur quàm inaffectatum nitorem, & fimplicem cul-
tum, & colorem non allitum fuco, fed fanguine & viribus eminentem. Infignia illa liberalium Artium lumina,
Poetæ, Oratores, qui Picturam, qui Muficam exercuere, in tanta difciplinarum ingeniorûmque varietate, in
hoc unum confpirant tamen, ut verè dici poffint omnes
in eodem imitandæ veritatis genere verfati.

Neque ego in fingulis percenfendis fruftra immorabor.
Sed me velut injectâ manu ad fefe rapit, nec fe indictum
prætermitti patitur, ille affectuum vi torrens, fublimitate
ad cœlum evolans Orator, quo nemo apud nos grandior
& excelfior, nemo fimplicior exftitit. Boffuetium intelli-
gitis, A. qui funus Herois invicti lacrymis laudibufque
profequens, five Alexandrorum Cæfarumque decora pro-

terit pedibus , & triſtem ac futilem gloriæ ad poſteros im-
mortalitatem ita elevat verbis , ut algâ vilior judicetur ;
ſive luctum de tanti viri & ducis jactura ita incendit , ut
ex illo fletu Chriſtianæ pietati materiam pabulumque ſub-
miniſtret , ut extollit animos ! ut irrumpit in pectora ! in-
flammatus ipſe & ardens , ſed illaborato ſimilis , & ſolo
excelſæ naturæ inſtinctu , non paratu aut ullâ exquiſitâ
arte commendatus.

Quid de limpidiſſimo facundiſſimoque apud nos Poeta
dicam , Racinio ? quem Græcæ Latinæque Muſæ invide-
rent nobis , niſi eum pro alumno repoſcerent ſuo jure , ſibi-
que quodammodo vindicarent. Quis illo nitidior , com-
ptior ; ubi res poſcit, excelſior ? Idem tamen ita fluit illimis,
ita ei ex rebus ſententiæ , è ſententiis verba naſcuntur,
ut ejus carminum facilitatem ac perſpicuitatem nulla vin-
cat orationis ſolutæ libertas.

Neque ab hoc ſimplicitatis guſtu alienus reperietur quiſ-
quam eorum qui eodem ſeculo claruere. Sic ille Parnaſſi
cenſor , quem ſimultates nimio plures & exercuere vivum ,
& defunctum hodie quoque infectantur ; in quo nihil magis adverſarii , quàm nimium limæ laborem , carpere ſo-
liti erant , Boleus , inquam , ita limavit opera , ut illa
naturali levore ſplendeſcerent : tota illi ars in imitanda
ad expreſſam ſimilitudinem natura poſita fuit : tota ejus
cura id ſpectavit , ut ſine cura quiſque eadem dicere &
ſcribere poſſe ſibi videretur. Itaque hæc ejus ingenua ve-
nuſtas , non affectatione ingenii laſciviens , non falſâ &
inani magnitudine intumeſcens , callidis nonnullorum ju-
diciis fraudi fuit , qui Ludovico Magno ſcilicet & pru-
dentiſſimâ illâ ingeniorum æſtimatrice Aulâ ingenioſiores,
eum qui inter ævi ſui decora numeratus eſt , ut vulgarem
Scriptorem & nihil ſupra quotidianum ſermonem attollere
audentem penè faſtidiunt.

Nos verò, si sapimus, & deosculandam nobis & æmulandam existimemus illam eximiorum ingeniorum simplicitatem, quæ ex ipsa boni copia efflorescit. Quemadmodum enim homines in amplis opibus & luculento patrimonio nati minùs gaudent ostentatione divitiarum, quia rem ipsam tenent; fastumque inanem iis relinquunt, quorum fortunæ novitas adventitio splendore indiget : quemadmodum vera virtus non appetit speciosâ jactatione famam, quam sibi deberi & velut umbram corpori adhærere confidit; & ob rectè facta laudatur, laudis incuriosa : sic & ii in quibus inest soliditas ingenii & celsitudo, abundanti doctrinæ accessione exornata, pulcrum non quærunt anxii, sed faciunt; & ipsi in vero toti admirationem hominum aliud agendo consequuntur.

Hoc igitur pro certo habeamus, simplicitatem in tractandis Artibus colendam esse; nec minùs in ediscendis : quod ex iisdem quibus hactenus usi sumus exemplis elucebit.

Si eumdem quem magni illi superioris ætatis viri terminum assequi cupimus, quid consultius fieri excogitarive potest, quàm ut eamdem viam quam illi præivere teneamus? Atqui nihil illâ rectius, nihil simplicius. Labore improbo vinci omnia credidere simplices homines ; & adversùs difficultates quibus omnis doctrinæ elementa scatent, unicam spem sibi & ceteris, unicum præsidium in labore & industria positum esse statuêre. Non nesciebant illi profectò hoc ignorantiæ remedium amarore quodam torquere sensus ; hoc ad bonas Artes iter multis asperitatibus horrescere, & hinc ardua montium, illinc vallium cava, non sine aliquo molimine eluctanda, offerre euntibus. Itaque dulcia teneris adolescentium mentibus delinimenta subministrabant, præmia, & laudes, & eminentes in Scholis fedes, & vocem præconis, & celebratas triumphali tubarum cornuumque clangore victorias. At his blandimentis mitigabant laborem illi, non tollebant; & poculi oras circumlinebant melle, fed quo medicata potio libentius hauriretur; & adfcendentibus præbebant adminicula, non vitatum jugum, in quo corona repofita eft, per plana circumibant.

Ex illa difciplina forti ac fevera colligebant animi invictum robur, quod crefcentis in annos laboris afperitate non frangeretur, fed illam virtute fuperaret. Ac quemadmodum veteranus miles, qui fcit fe viciffe poft vulnera, non expavefcit circumventus, nec exhorrefcit jamdudum fibi nota pericula; atque ubi præfentius-difcrimen obfervatur, inde ampliorem victor gloriæ fegetem reportat: fic illi, qui affuetum à teneris ac familiarem laborem tolerare didicerant, ubi grandiora capeffentibus aliquid moleftum, arduum, ac præruptum occurreret, exclamabant alacres, *Non ulla laborum nova mî facies inopinave furgit;* & collectis viribus, & incitante animofos conatus ipsâ rerum difficultate, illa edebant miracula, quorum ad laudem tractata molliter ingenia adfpirare non poffunt.

Quid igitur fentiendum effe dicemus de deliciis illis, quæ ex morum noftrorum mollitie in ftudiorum rationem methodumque derivantur; de callidis illis commentis, per quæ in veri laboris locum vana & corrupta laboris imago fubjicitur; de molliculis pulvinis, quos cubitis ftudentium fupponimus, quibus illi innixi faciliùs ftertere difcant, quàm ingenii vires exercere? Tanta eft tamque pervulgata hoc in genere novandi libido, ut morbus quidam improvidas noftrorum hominum mentes invafiffe, & inimica doctrinæ contagio cunctos penè ad pruriginem ferendæ ex novitate novitatis in perniciem Artium inci-

tare videatur. Proh dolor! Tanquam parum potentibus
inſtructa per ſe illecebris deſidia graſſaretur in animos,
ejus ſe patronos profitentur ingenioſi homines, & malam
labori, ſub quo magiſtro adolevere, gratiam referentes;
& quidquid in elementis doctrinarum laboris colorem
præfert, aſpernantur & infamant; & priſcam ſimplicitatem deridendam ultro propinant, obliti avorum noſtro-
rum gloriæ, obliti ſuæ.

Hinc libri ludicris iconibus & teſſerulis loco cedere
juſſi : hinc à ſeria, quantum per ætatem licet, meditatio-
ne, quæ doctrinam infigat animis, pueri ad futilem loquacitatem, & inanem, cui rerum cognitio non ſubſit,
verborum volubilitatem avocati : hinc denique pro huma-
nitate, quæ ferocientes cupiditates mitiget ac manſuefa-
ciat, propoſita adoleſcentibus ea quæ in ſenſus & oculos
incurrant; & plus operæ veſpis ac floſculis impenſum,
quàm præceptis inſtituendæ vitæ, dictiſque ſapientum,
quibus animi ad omnes officiorum partes excoluntur.

Neque ego is ſum tamen qui aut continuum, nec ullo
honeſtæ voluptatis ſolamine diſtinctum laborem imbecil-
læ ætati injungi velim; aut naturæ divitias faſtidiam, in
quibus ſe manifeſtam præbet divina ſapientia ſimul & be-
nignitas. Scio magnâ nobis indulgentiâ fovendos eſſe te-
neros adoleſcentium animos : ſcio utilem illis & jucun-
dam eſſe poſſe cognitionem eorum miraculorum, quæ
pedibus ſæpe calcamus; inter quæ media ignaros rudeſ-
que vivere ſit pudor eos qui liberaliter inſtituti fuere,
Quin & nova inventa quæ ſeſe ſpondeant id efficere ut
magna illa Ars humani ingenii excolendi poliatur, ut pue-
rilis infirmitas adjuvetur, etſi non ſtatim admittenda, non
continuò tamen repudianda eſſe exiſtimaverim; & quamvis ſufficere nobis queat ea diſciplina quæ Boſſuetios,
Racinios,

Racinios, Maffillonios, Rollinos extulit, non ideo novi-
tatem omnem criminari mihi in animo eft, & quidquid
vetuftate fancitum eft, id pro facro & inviolabili habere.
Imo veterem illum horrorem jam in quibufdam feliciter
abfterfum, & in melius mutatum effe, nemo fanæ men-
tis negaverit.

Sed novitati mobilitatique fit modus : fed antiqua do-
cendi ratio perficiatur, non evertatur ; pulcramque arbo-
rem, tot egregiorum fructuum feracem, non exfcinden-
dam nobis potiùs quàm leviter inflectendam effe ftatua-
mus.

Fugavere barbariem ex his regionibus, & ejus loco po-
litiorem urbanitatem invexere doctarum ftudia linguarum.
Quis dubitet eodem fubfidio retinendam humanitatem,
quo primùm parata eft ?

Magno hodie in pretio apud nos & honore funt eæ
Artes quæ in indagatione naturæ verique verfantur ; ac
Mathefis præcipuè, cui foli verum fine ulla nube erroris,
fine ulla dubitationis mora, plenâ & certâ manu com-
prehendere datum eft. Eas Artes veneror fanè ac fufpicio ;
& quamvis illas primo duntaxat à limine falutaverim,
tamen iis tantum tribuo, ut vix ullum humano generi
pretiofius ab divina Providentia munus conceffum effe
exiftimem. Sed quis ferat eas obtrudi pueris adhuc nafcen-
tibus, & pro blando Æfopicarum fabellarum lacte, quo
femper infantia alita eft, ei apponi angulos & lineas, arida
pabula, nec minùs teneris mentibus metuenda, quàm ju-
nioribus plantis ficcum & fine humore ullo folum?

At nulla novitas nobis fufpectior effe debet, quàm ea
commenta quæ laboris affuetudinem à puerili inftitutione
fecludunt, ac vel maximo proinde ftudiorum fructu de-
fraudant ftudentium induftriam. Labor enim eft hominis

B

decus : labore venale nobis proponitur quidquid in vita
alicujus pretii eft. Non ita bene cum humana natura agi-
tur , ut utile dulci conjunctum ei fefe decerpendum ultro
offerat , aut in finum quiefcentis è cœlo devolet. Nafcimur omnium ignari, nafcimur heu! in omnia vitia pro-
penfi : nec fieri poteft, ut aut ingenia ad doctrinam , aut
pectora ad honeftatem , fine fudore , moleftia , opera , labore denique informentur.

Quòd fi à primæ ætatis cultura abfuerit laboris exerci-
tatio ; fi ab omni contentione animi vacuam & immunem
traduci adolefcentiam fiverimus ; fi ubicumque aliqua pau-
lulùm retardabit difficultatis morula, fefe obviam dederit
quæ nodum expediat magiftri fedulitas ; fi denique pue-
ros nunquam cogitare ipfos per fe, fed femper in promp-
tu loquacitatem habere , & quæ vix auditu acceperint
ftatim cruda indigeftaque reddere, imo effutire, affuefece-
rimus : proh ! quanta redundabit in totam vitam molli-
ties! ut educta tam delicatè ingenia ad omnem conatum
fuccident; omnem difficultatis fufpicionem pavida refu-
gient!

Nihil proinde ab illis generofum, nihil grande , nihil
excelfum exfpectaverimus. Occurrunt enim , occurrunt ne-
ceffariò tendentibus ad laudem moleftiæ devorandæ , pericula vincenda , monftra, ut ita dicam, perdomanda,
Non fruftra illi veteres virtutem & doctrinam in edito
& præupto faftigio collocavere. Nec probus quifquam
effe poteft, nifi cupiditatum contumaciam robore animi
fregerit; nec doctus fieri , nifi reluctantem inertiam cal-
caribus admotis incitaverit.

HANC vobis laudis, honeftatis, & doctrinæ viam monf-
tramus, ingenui adolefcentes. Non vos molles & langui-
dulos effici cupimus, nihil admittentes nifi quod volup-

tatis lenocinio concilietur, ad omnem offenfiunculam ex-
horrefcentes, &, quales tam multos videmus, genuinos
Sybaritas, quibus in lectulo rofis ftrato jacentibus duplica-
tum cafu vel unum foliolum rofæ fomnos excutiat. Ad
virtutem animi vos, ad vigorem, ad induftriam voca-
mus. Difcite ex nobis virtutem & Artes *verumque laborem*,
omni quidem indulgentiâ noftrâ, & paterno in vos amo-
re temperatum, fed laborem tamen, qui ut neceffarius
eft ex lege naturæ, ita confuetudine in dies dulcior fiet.
Huic inftitutionis fimplicitati fi dociles animos majorum
exemplo commodaveritis, in reliqua quoque vita, in iis
difciplinis & Artibus ad quas vobis prævia hac commen-
tatione nunc aperitis iter, magnanimam illorum fimplicitatem æmulantes, parem & vos laudem olim adepturos
effe meritò confidetis.

FINIS.

*Vû l'Approbation, permis d'imprimer. A Paris le*
*19. Octobre 1746.* MARVILLE.

Typis CHRISTOPHORI BALLARD Filii.

www.ingramcontent.com/pod-product-compliance
Lightning Source LLC
Chambersburg PA
CBHW061449170626
46811CB00005B/2439